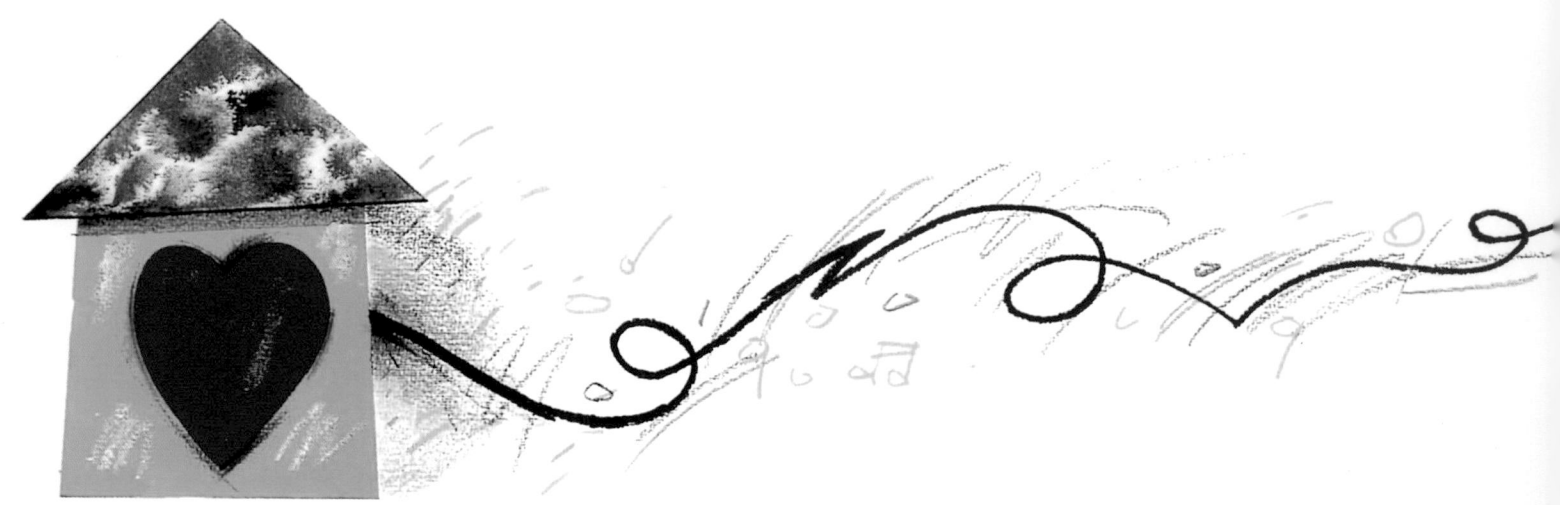

EL PÁJARO
DEL ALMA

Mijal Snunit

ilustración de

Francisco Nava Bouchaín

traducción de
Flaminia Cohen Tuval
y Carmen Albert García

LOS ESPECIALES DE
A la orilla del viento

FONDO DE CULTURA ECONÓMICA

A mis queridos hijos
Tal, Laliv y Tamar

Distribución mundial

© Mijal Snunit, texto
Título original: *Tzipór Hanéfesh*

© 1993, Francisco Nava Bouchaín, ilustraciones

D. R. © 1993, Fondo de Cultura Económica
Carretera Picacho Ajusco, 227; 14110 Ciudad de México
www.fondodeculturaeconomica.com
Comentarios: librosparaninos@fondodeculturaeconomica.com
Tel.: 55-5449-1871

Editor: Daniel Goldin
Diseño: Arroyo + Cerda
Dirección artística: Rebeca Cerda

ISBN 978-968-16-4059-0

Impreso en México • *Printed in Mexico*

Primera edición en hebreo,   1984
Primera edición en español,   1993
  Decimoséptima reimpresión, 2022

Snunit, Mijal
  El pájaro del alma / Mijal Snunit ; ilus. de Francisco Nava Bouchaín ;
trad. de Flaminia Cohen Tuval, Carmen Albert García. — México : FCE,
1993
  [24] p. : ilus. ; 30 × 23 cm — (Colec. Los Especiales de A la Orilla
del Viento)
  Título original: Tzipór Hanéfesh
  ISBN 978-968-16-4059-0

  1. Literatura infantil I. Nava Bouchaín, Francisco, il. II. Cohen Tuval, Flaminia, tr. III. Albert García, Carmen, tr. IV. Ser. V. t.

LC PZ7   Dewey 808.068 S828p

Se terminó de imprimir y encuadernar en enero de 2022
en Impresora y Encuadernadora Progreso, S. A. de C. V. (IEPSA),
calzada San Lorenzo, 244; 09830 Ciudad de México.

El tiraje fue de 15 500 ejemplares.

HONDO, muy hondo,
dentro del cuerpo habita el alma.
Nadie la ha visto nunca
pero todos saben que existe.
Y no sólo saben que existe,
saben también lo que hay en su interior.

Dentro del alma,
en su centro,
está, de pie sobre una sola pata,
un pájaro: el Pájaro del Alma.
Él siente todo lo que nosotros sentimos.

Cuando alguien nos hiere,
el Pájaro del Alma vaga por nuestro cuerpo,
por aquí, por allá, en cualquier dirección,
aquejado de fuertes dolores.

Cuando alguien nos quiere,
el Pájaro del Alma salta,
dando pequeños y alegres brincos,
yendo y viniendo,
adelante y atrás.

Cuando alguien nos llama por nuestro nombre,
el Pájaro del Alma presta atención a la voz
para averiguar qué clase de llamada es ésa.

Cuando alguien se enoja con nosotros,
el Pájaro del Alma se encierra en sí mismo
silencioso y triste.

Y cuando alguien nos abraza,
el Pájaro del Alma,
que habita hondo, muy hondo, dentro del cuerpo,
crece, crece,
hasta que llena casi todo nuestro interior.
A tal punto le hace bien el abrazo.

Dentro del cuerpo,
hondo, muy hondo, habita el alma.
Nadie la ha visto nunca,
pero todos saben que existe.
Hasta ahora no ha nacido hombre sin alma.
Porque el alma
se introduce en nosotros cuando nacemos,
y no nos abandona
ni siquiera una vez mientras vivimos.
Como el aire que el hombre respira
desde su nacimiento hasta su muerte.

Seguramente quieres saber
de qué está hecho el Pájaro del Alma.
¡Ah! Es muy sencillo:
está hecho de cajones y cajones;
pero estos cajones
no se pueden abrir así nada más.
Cada uno está cerrado por una llave muy especial.
Y es el Pájaro del Alma
el único que puede abrir sus cajones.
¿Cómo? También esto es muy sencillo:
con su otra pata.

El Pájaro del Alma está de pie sobre una sola pata;
con la otra —doblada bajo el vientre a la hora del descanso—
gira la llave, moviendo la manija, y todo lo que hay dentro
se esparce por el cuerpo.
Y como todo lo que sentimos tiene su propio cajón,
el Pájaro del Alma tiene muchísimos cajones.

Un cajón para la alegría
    y un cajón para la tristeza,
un cajón para la envidia
    y un cajón para la esperanza,
un cajón para la decepción
    y un cajón para la desesperación,
un cajón para la paciencia
    y un cajón para la impaciencia
También hay un cajón para el odio,
    y otro para el enojo,
      y otro para los mimos.

Otro ejemplo:
el hombre desea escuchar tranquilamente,
pero el pájaro abre, en cambio, el cajón de la impaciencia:
y el hombre se impacienta.

Y sucede que el hombre sin desearlo siente celos;
y sucede que quiere ayudar y es entonces cuando estorba.
Porque el Pájaro del Alma no es siempre un pájaro obediente
y a veces causa penas...

De todo esto podemos entender que cada hombre es diferente
por el Pájaro del Alma que lleva dentro.
Un pájaro abre cada mañana el cajón de la alegría;
la alegría se desparrama por el cuerpo
y el hombre está dichoso.

Otro pájaro abre, en cambio, el cajón del enojo;
el enojo se derrama y se apodera de todo su ser.
Y mientras el pájaro no cierra el cajón,
el hombre continúa enojado.

Un pájaro que se siente mal,
abre cajones desagradables;
un pájaro que se siente bien,
elige cajones agradables.
Y lo que es más importante:
hay que escuchar atentamente al pájaro.